# INSTITUT IMPÉRIAL DE FRANCE.

## ACADÉMIE FRANÇAISE.

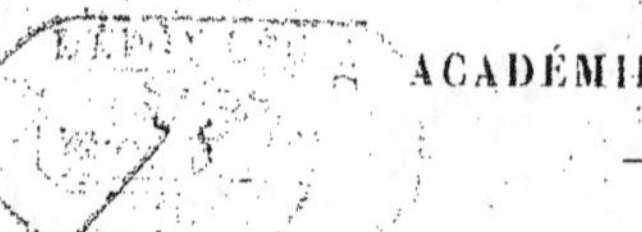

# LES DEUX MISÈRES,

### Par M. Ernest LEGOUVÉ,

MEMBRE DE L'ACADÉMIE FRANÇAISE.

Lue à la séance publique annuelle du jeudi 20 août 1857.

# PARIS,

## TYPOGRAPHIE DE FIRMIN DIDOT FRÈRES, FILS ET Cie,

IMPRIMEURS DE L'INSTITUT IMPÉRIAL, RUE JACOB, 56.

INSTITUT IMPÉRIAL DE FRANCE.

ACADÉMIE FRANÇAISE.

# LES DEUX MISÈRES,

Par M. Ernest LEGOUVÉ,

MEMBRE DE L'ACADÉMIE FRANÇAISE.

Lue à la séance publique annuelle du jeudi 20 août 1857.

PARIS,

TYPOGRAPHIE DE FIRMIN DIDOT FRÈRES, FILS ET C⁹⁹,

IMPRIMEURS DE L'INSTITUT IMPÉRIAL, RUE JACOB, 56.

1857

# LES DEUX MISÈRES.

Pâles et frissonnant auprès d'un clair foyer,
Deux malades, un jour, se contaient leurs misères,
Que leur jeunesse, hélas! leur rendait plus amères :
L'un est oisif et riche, et l'autre est ouvrier;
Mais ils souffrent tous deux, les voilà presque frères.

AMAURY.

Quel est donc votre mal?

MARCEL.

Je m'éteins.

AMAURY.

Comme moi!

Depuis combien de temps?

I.

MARCEL.

Depuis deux ans!

AMAURY.

Pourquoi?

MARCEL.

Pour avoir eu trop faim, monsieur.

AMAURY.

Moi! misérable!
Moi! pour avoir passé de longues nuits à table!

MARCEL.

Avec un médecin je guérirais, je crois.

AMAURY.

Un médecin? hélas! je meurs, et j'en ai trois!

MARCEL.

Deux ans de maux, et rien pour me venir en aide!

AMAURY.

En deux ans, pas un jour sans un nouveau remède!

MARCEL.

Si pour me plaindre, au moins, j'avais une heure à moi!

AMAURY.

Vingt-quatre heures par jour, pour s'occuper de soi!

MARCEL.

Oh! monsieur, la misère!

AMAURY.

> Oh! Marcel, la richesse!

MARCEL.

Pouvez-vous comparer vos maux à ma détresse?
Vous respirez, du moins... moi, je ne le peux pas,
Car, jusques à l'air pur, tout s'achète ici bas!
Vous avez, vous avez l'allégement suprême,
Ce qui jette un sourire au front du mourant même,
Ce qui guérit parfois et soulage toujours,
Le soleil!... O chaleur! clarté! beauté des jours!
Quand pourrai-je, aux rayons de ta flamme divine,
Puiser à pleins regards, boire à pleine poitrine?
Tu me guérirais, toi!... Mais, pauvre serf caché
Dans l'atelier obscur où je suis attaché,
Je cours m'ensevelir, dès que l'aube est parue,
Au fond de mon infecte et ténébreuse rue;
Et là, le jour entier, grelottant accroupi
Entre les murs suintants et le ruisseau croupi,
Les pieds sur un sol gras, je travaille dans l'ombre
Aux fumeuses lueurs d'une chandelle sombre;
Ou si, pour voir le jour, je sors de ma prison,
Que rencontrent mes yeux, hélas! pour horizon?
L'étroit ruban de ciel qui là-haut, sur nos têtes,
Tristement des toits noirs sépare les vieux faîtes!

AMAURY.

Le ciel! l'air! le printemps!... Ils ne raniment pas!
J'ai traîné ce corps froid de climats en climats,
Sans que votre nature, impuissante ou marâtre,
Ait rien fait pour mes maux qu'en changer le théâtre,
Et de ces vains essais je n'ai rien rapporté
Qu'une douleur de plus, mon incrédulité.

MARCEL.

Soit donc! Mais le repos! le repos! Si la fièvre
Vous fait claquer les dents et sèche votre lèvre,
Un lit moelleux reçoit votre corps défaillant;
Le chien, s'il souffre trop, se couche sur le flanc;
Moi, brisé de douleur et d'insomnie... à l'œuvre!
Je succombe? Debout, misérable manœuvre!
Et je mourrai, quand Dieu de moi prendra pitié,
Comme un galérien, avec ma chaîne au pied.

AMAURY.

Hélas! combien de fois, dans l'excès de ma peine,
J'ai crié vers le ciel : Oh! que n'ai-je une chaîne!
Sauvez-moi de moi-même, ô mon Dieu! donnez-moi
Un devoir à remplir, un métier, une loi!
Mais être libre, libre avec un mal sans trêve!
L'avoir pour seul penser, hélas! et pour seul rêve!
Être riche de plus, et, dans sa déraison,
S'élancer en cherchant partout la guérison;
S'élancer, et trouver devant soi, pour sa perte,
La terre tout entière à ses désirs ouverte!

Alors, tremblant, flottant, errant comme les fous,
Vouloir, ne pas vouloir...

MARCEL.

Eh bien donc, tuez-vous!
La mort vous appartient, la mort comme le reste!
Mais moi, cette existence odieuse et funeste,
J'y suis cloué, rivé... je ne peux pas mourir!
Car, hélas! j'ai deux fils et leur mère à nourrir!
Et lorsque je succombe au mal qui me déchire,
Je m'écrie en mourant : « Tout ce que j'aime, expire! »

Le riche, quelque temps resta silencieux ;
Puis d'une voix plus lente et sans lever les yeux :
« Marcel, j'ai, comme vous, un enfant, une femme,
Je vous plains; mais je sais de plus grands maux pour l'âme :
Vous m'avez fait pitié, je vais vous faire horreur!
Regardez de mes mains la hideuse maigreur ;
Regardez mon visage : un fantôme est moins blême ;
Eh bien! il est pourtant une part de moi-même
Encor plus desséchée et plus morte... mon cœur!
O Dieu! dit-il poussant un long cri de douleur,
Voilà, voilà la plaie, et dix ans de torture
Ne comptent pas auprès d'une telle blessure!
Qu'est-ce que d'avoir faim? d'avoir froid? Le corps seul
Meurt de ces maux; le corps est né pour le linceul;
Mais l'immortel foyer de toute noble flamme,
L'âme! l'âme!-sentir agoniser son âme!
Ah! ne vous plaignez pas! vous aimez, vous pleurez ;
Si l'un de vos fils part, vous vous désespérez;

Lorsque le plus petit en bégayant vous nomme,
Vous tressaillez de joie, et vous vous sentez homme ;
Moi, je ne sens plus rien! Je ne tiens plus à rien !
A force d'avoir fait de moi seul, mon seul bien,
Je ne vois plus que moi dans la nature entière!
Le dévoûment?... éteint. La tendresse?... en poussière.
Les nœuds les plus sacrés ?... dissous, usés, rompus!
Mon fils, mon fils! je crois que je ne l'aime plus ! »

A ces mots, il s'arrête et sa parole expire ;
Il semble épouvanté de ce qu'il vient de dire :
Certe, il avait déjà sondé ce noir chaos,
Mais sans le peindre encor par des mots,... et les mots
Aux spectres de son cœur prêtant corps et visage,
Il recule effrayé devant sa propre image!
L'ouvrier l'écoutait sans comprendre ; soudain,
Amaury lui versant sa bourse dans la main :
« Tenez, voilà de l'or — du soleil,... de l'ombrage...
Tout ce que vous rêvez!...

MARCEL.

Quoi, comment?

AMAURY.

Un voyage

Vous sauvera peut-être... au nom de vos enfants,
Prenez!

MARCEL.

Cet or... pour moi?

AMAURY.

Pour eux !

MARCEL.

Mais...

AMAURY.

En deux ans,

Vous le regagnerez.

MARCEL.

O mes fils ! ô ma femme ! -

Vous vivrez ! »
          Et ce mot fut dit avec tant d'âme
Qu'Amaury, relevant son front moins abattu,
Se dit tout bas : « Je crois que mon cœur a battu. »

———

Deux mois plus tard la porte, avec fracas ouverte,
Laissait entrer un homme impétueux, alerte,
Qui courut se jeter dans les bras d'Amaury ;
En se reconnaissant tous deux poussent un cri :

AMAURY.

Vous ?

MARCEL.

Vous ? Quel changement !

AMAURY.

Quelle métamorphose !
Que votre teint est clair !

MARCEL.

Le vôtre est presque rose.

AMAURY.

Qui vous a donc guéri?

MARCEL.

Vous et la liberté!
Mais vous, qui vous sauva?

AMAURY.

Vous et la charité.

MARCEL.

Je mourais d'être esclave....

AMAURY.

Et moi, d'être égoïste....

MARCEL.

J'ai respiré, je vis!

AMAURY.

J'ai consolé, j'existe!

MARCEL.

O sauveur de mes fils! ô mon libérateur !
Laissez-moi, jour par jour, vous conter mon bonheur,
Car le pauvre ouvrier, que le ciel vous renvoie,
N'a rien à vous donner qu'un récit de sa joie.

AMAURY.

Oui , parlez !

MARCEL.

Je suis né sur les bords de la mer !
La revoir ! c'était là mon rêve le plus cher ;
Et quand, des mauvais jours secouant la tristesse,
Mes amis d'atelier parlaient gloire ou richesse,
Moi, cherchant l'Océan dans les flots bleus de l'air,
Je berçais mes douleurs de ce seul mot : la mer !
Aussi, quand m'apparut sa belle ligne bleue,
Quand son bon air salé, m'arrivant d'une lieue,
Pénétra, vif et pur, dans mon poumon glacé,
Du haut de la banquette où je m'étais hissé,
En dépit des rieurs et de la compagnie,
J'envoyai cent baisers à ma lointaine amie !

AMAURY.

Brave Marcel !

MARCEL.

Voyez, voyez ces bras de fer,
Ces muscles vigoureux ! je les dois à la mer !
Le matin, dans ses flots me plongeant corps et tête,
Je savourais son calme, aspirais sa tempête ;
Et bercé, renversé, caressé, ballotté,
Je me roulais au sein de son immensité.
A midi, je montais sur la haute falaise
Pour pouvoir d'un regard l'embrasser tout à l'aise !

A l'heure du reflux, sur son beau sable d'or,
Sur ses bancs de rochers je la cherchais encor,
Cueillant à pleines mains ses herbes vernissées,
Ses mousses, ses varechs, ses coquilles rosées,
Qui conservaient pour moi, dans quelque obscur repli,
De son beau bruit plaintif le murmure affaibli!

AMAURY (*en souriant*).

Poëte!

MARCEL.

Enfin au ciel quand pointaient les étoiles,
Et que sortaient du port les blanchissantes voiles,
Je m'élançais en barque avec un vieux pêcheur,
Et de la pleine mer aspirant la fraîcheur.
Couché sur les filets, au fond de la nacelle,
Je m'endormais au bruit de sa voix maternelle....
Et vous?

AMAURY.

Vous souvient-il de votre mot d'adieu?
Ce fut là mon sauveur! Comme la voix de Dieu,
Dans mon cœur amolli doucement il pénètre.
Ému de votre joie et tout surpris de l'être :
« Cherchons d'autres douleurs, tentons d'autres bienfaits, »
Me dis-je, et cependant, chaque pas que je fais
Dans l'abîme sans fond de la misère humaine
Me remplit contre moi de mépris et de haine!
Misérable! pleurer en face de tels pleurs!
Nommer tes lâchetés du grand nom de douleurs,

( 13 )

Auprès de tels martyrs! Allons, sors de toi-même!
Plains, au lieu de te plaindre! Aime le pauvre! Aime! aime!
Tout change! De mon or je compris la valeur
En le faisant tomber de ma main dans la leur!
Je trouvai pour calmer leurs longs cris d'anathème
Des mots qui consolaient le consolateur même,
Et mon corps que l'élan de mon âme emportait,
Vers la vie avec elle à grands pas remontait!
Oui, leurs taudis infects remplissaient ma poitrine
D'un air plus sain que l'air de la vague marine;
Oui, plus que le soleil, les astres et les cieux,
L'éclair reconnaissant qui partait de leurs yeux
M'inondait tout entier de lumière et de flamme....
Oui, près d'eux je voyais s'ouvrir devant mon âme
Un infini plus beau que l'infini du ciel,
L'infini de l'amour! Et grâce à vous, Marcel,
Retrempé dans les flots d'une pure atmosphère,
J'aime, je suis aimé, je renais, je suis père!
Ami, courez chercher vos enfants! Qu'en mes bras
Je les unisse aux miens... courez!

MARCEL.

Ils sont en bas!

PARIS. — TYPOGRAPHIE DE FIRMIN DIDOT FRÈRES, FILS ET Cᵉ,
IMPRIMEURS DE L'INSTITUT IMPÉRIAL, RUE JACOB, 56.